詩集

いちご月の夜

月川奈緒

澪標

いちご月の夜●目次

月見る章

恋ふるの章

古都の章

カバー画　月川奈緒
装　幀　山田聖士

月見る章

ピンクムーンの輝き

日本中の
ピンクをあつめて
世界中の
ピンク色をあつめて

桜に染まった
嵐山の山肌を
何度もすべって

まんまるに
ふくらんだ

ピンクムーン

今宵
東の
山の端から昇る

構図は
そのように
光をふりまいて

わたしたちは
しあわせの在りかを
話し合った

フラワームーンの旅

やっとの思いで
たどり着いた
碧い残波岬*

満天の星空のもと
満月に照らされて
からだを曲げたり　伸ばしたり
素《もと》のわたしにかえる
はずだったのに

ぼんやり曇り空
からだにも靄《もや》がかかっている

なにもかも　うまく　いくはず　ないよ

潮風に混じる　君の声

君のいる故郷の月は　今頃
満開の薔薇色の花びらに
染まっているのだろうか

今宵　草のベッドで
月桃の香りにゆられて
離れ愛さ《ハナリガナサ》*の　夢をみる

*残波岬（ざんぱみさき）沖縄県中頭郡読谷村に属し、東シナ海に面する岬。

*離れ愛さ（ハナリガナサ）「近くに居ると憎たらしいが、離れるとどうしているか気に掛かる」意の沖縄方言。

いちご月の夜

天神さんの参道に浮かぶ
影法師　二つ

向かう先は　カフェ一期一会
極彩色　だけどなぜか
居心地のいい店内で
大きなお尻の　坐ったウサギが二羽と
つやつやの　ハモン・セラーノ*が
わたしたちを待っている

木の間に見え隠れする

六月の満月が照らす
急ぎ足のゴッホのシャツ

月食のほうが赤いね
と、つぶやく

あと何回　こうして
ご飯が食べられるのかな

教えて
ストロベリームーン

五感のように
影法師がゆれている

＊ハモン・セラーノ　豚のもも肉を塩漬けし、一年以上熟成して作られるスペイン産の生ハム。山のハムと言われる。世界三大ハムのひとつ。

鹿と七夜月

七月の月夜
誰かがきっと
悠久のときの彼方で
同じ景色を見ている

猛々しい角を持つ牡鹿が
畔に佇み
丸い月がそっと浮かぶ
猿沢の池

月の光が

やさしく包む
今年生まれた子鹿の
やわらかな角
そして
春日山原始林の暗闇で
藪椿の葉を照らす

神代《かみよ》より伝わる
神鹿の息吹がきこえる
鹿と共に生きてきた
人々の篤い志は今も

常陸の国より
遥々とやって来た
白鹿に乗る　建御雷《タケミカヅチ》の
角髪《みずら》を艶やかに照らす

月は三笠山より出でて
悠久のときの
彼方

魚、満月の下で

八月の満月の頃
桂川では鮎の投網漁が解禁される
重い投網を肩に背負い
木の鑑札を腰からぶら下げて
父は川へと向かう
解禁日には一〇〇匹以上獲れて
その日の食卓は母の手製の鮎づくし

夜には子供たちと一緒に川へ夕涼み
父は大きな四角い敷石が並んだ
足首ほどの深さの川に入り

腰の高さの関の前に立つ
満月の光が
関の落水と水しぶきを白く照らす

目を凝らした父は身をかがめ
狙いを定めて落水に手を突っ込む
取り出した手の中には銀色に輝く魚が踊る
子供たちは歓声を上げる
月の下の　父の誇らしげな笑顔

家に帰ると父は「何かおいしいもの食べようか」と
小麦粉と卵と水と砂糖で『メリケン粉焼き』を作ってくれた
黄金色の平べったいおやつは
満月のようにまん丸だった

今は関や敷石はなくなり

川の水はすっかり減ってしまった
投網で鮎獲りをする人は見かけない

ただ満月だけが
水面からはねる魚たちを
キラッキラッと鋭利に光らせている

月影のつぶやき

霧が漂う樹海の奥
エメラルド＝ブルーの
火口湖から生まれた
ぼくはブルームーン

八月の二度目の満月
恥ずかしがり屋のぼくは
虹色の暈《かさ》に囲まれて
そっと昇ってきた

山奥の渓流のほとり

湯浴みする君の貴《とうと》い肌を
白く照らすだけで
しあわせだった

あんまり地球に
近づきすぎたので
みんなぼくのこと
スーパームーンと呼ぶ

たくさんの人にみつめられて
見えてきた
いろんな色や形をした　こころの沼
聞こえてきた　こころの声

あすの朝には
草むらの露になって

真空の朝日のなか
虹色に光っているから

みつけてほしい　きっと
やさしいあなたに

月ふたつ

中秋の夜空に月煌々と　わたしを照らし

龍頭の船から
手を差し伸べて
月を掬する平安貴族
あでやかな袖模様が
月明かりに映える

大沢の池に浮かぶ月　わたしをみつめる

わたしの横には
貴族のように澄ました顔

放生池に放たれた魚は
いつのまにか大きくなった

昇っていく天空の月は　わたしに寄り添い

ふたりで赤い月をみてから
六年がたち
こうしてまた
一緒に満月をみている

幽かに揺れる水面の月は　あなたに寄り添う

ふたつの月のはざまに
満ちていく時間

遠くから笛の音が聞こえてきた

毛遊《もうあし》びの月夜

椰子の木の間から
丸い月が昇ってきたわ
あなたが待つ所へ
急いで行きましょう

ねぇあなた　月が美しいわ

いま来るかと
待ちかねていたよ
今宵の月はお前の口元を
美しく照らしているよ

愛しいお前　月がきれいだ

比謝川のほとりに
芒《すすき》がゆれている
毛遊び＊の唄三線が
聴こえてくる

あなたはカチャーシー＊を踊りだす
流れるような手の動きは
夜の空気を混ぜ
わたしの心もかき混ぜる

愛しいお前
満月に照らされて
瞳の中の月が輝いているよ

今日の月夜を無駄にしたくない

いつの間にか
月があんなに高いところで
二人を見守っているよ
今宵の縁が
いつまでも続きますように

＊沖縄民謡「月夜の恋」を参考にした。
＊毛遊び（もうあしび）若い男女が広い野原で、三線片手に歌い踊って楽しいひとときを過ごす唄遊びのこと。沖縄では戦前の頃まで行われていた。
＊カチャーシー　テンポの速い沖縄民謡の演奏に合わせて踊られる、両手を頭上に挙げ、手首を回しながら左右に振る踊り。

血闘

月明かりの森
落ち葉を踏み均《なら》し
手負いの熊がけもの道をゆく

つるべ落としの秋の日暮れ前
熊と対峙し発砲した猟師は
ゆっくりと血の跡を追う

熊は力を振り絞って
斜面を登り
しばらくして

足跡の上を引き返し
少し横にそれて猟師を待ち伏せる

熊は先へ行った、と
猟師が通りすぎようとすると
月を背に姿を現す　黒い影
ウォーウォー　と叫びながら
ギリギリギリ　激しい歯軋り

猟師はすぐには発砲しない
仁王立ちになり
銃をたてて胸に抱え
熊から目をそらさない

荒れ狂う熊を目の前にして
じっとその心が静まるのを待つ

怒りの荒波が引いて
凪《なぎ》のように静まり返る
そのときはじめてドンと撃つ

ゴボッゴボッ　と熊の胸から
ドロドロドロ　血が流れ出る
ゆっくり崩折れる巨体
逆立っていた毛はすっかり寝て

猟師は静かに目を瞑る
満月の光が冷たく　血だまりを照らしている

コールド・ムーン

師走のまちに
寒波がやってきた
子どもたちの足の指は
真っ赤なしもやけ
沸かしたお湯に水をうべたバケツに
足をつっこむ
あったかい　でも
痛いような痒いような
母が足を揉んでくれる
石油ストーブのそばで

もうすぐお正月
今ごろ月で兎たちが
ぼくたちの役目はもうおしまい、と
餅をついている
辰にバトンタッチ

床の間に
白くて丸い
月をかさねた鏡餅

お正月が待ちきれないよう

母は子どもたちに
新しい真っ白な下着を用意する
ふくが訪れますように

家族の行《ゆ》く年を
ほほえましく眺めていたお月さま
冷たい風が連れてきた雪雲が
すっかり隠してしまった

凍てつく灰色の屋根瓦に
みるみる雪が降り積もる
ふかふかおふとん

遠い思い出が重なる
今年最後の満月の夜

野良犬のブルース

尖った肩　突き出して
一月の満月の光　浴びて
独り去っていく
後姿から流れくる
野良犬のブルース

夜明けの桂川沿いの歩道
電線に止まった鳥が
啼いて知らせる
草が生い茂る河原に
黒っぽい小柄な野良犬

額に三日月の傷
明けの明星の眼　光らせ
こちらに向かってしきりに吠える
草の波間の向こうには黒い屋根
壊れかけた小さな小屋が揺れていた

次にその野良犬を見たのは
嵐のあと　中之島公園の中州
やっと濁流がひき
オレンジ色に輝く浅瀬で
鵜や鷺がつどい憩う豊饒のとき

草叢から石垣の堤防をつたい
川へ降り　とぼとぼ歩く
痩せさらばえた傷だらけの野良犬よ
狼になれなかった野良犬よ

金色のウルフムーンに向かって吠えよ！

温かい寝床より
頼れる相棒より
自由でいたい

宵の明星が瞬く
また鳥がひと声
見知らぬ故郷へとさすらう
今ここにある
魂の月影を道づれに

月が降らす雪

みんな帰っていった
宴のあと

花街に児童公園
月明かりが遊具と
木々の枝を照らす
好い按配に酔った
冷えたベンチに二人
夜風がここちよい

すぐ近くに

鴨川の流れ
思えば何年
過ごしてきただろう

小路に立ち並ぶ
お茶屋の丸い軒灯
長い歳月を経て
今もほの白く燈り
人々が歩く石畳を照らす

君がいたから
乗り越えてきた

ありがとう

と、口にするのは恥ずかしくて

コンクリートのすべり台の方へ
君はあきれ顔

すべり口に座り
夜空を見上げる

冷たい二月の満月が
降らしはじめた雪

ほんのり　桜いろ
ほほに落ちた

めざめのワームムーン

やわらかく耕された　ふかふかの
馥郁《ふくいく》と発酵した　養分たっぷりの
土で眠り　土を食み
ぷくぷくと太った

啓蟄が過ぎ
満月が近づいて
ムズムズ　モソモソ
なぜか外に出たくなってきた

三月の満月の夜

土からひょっこり顔を出すと
回りには同じような仲間たち
ニョロっと這い出した

そこは
まばゆい月光ときらめく星々の饗宴
ふくらんだ桜のつぼみを撫でて
夜風が奏でるメロディーに誘われて
仲間と一緒に
クネクネ　ゴニョゴニョ
喜びのダンスを踊る

楽しい時間はあっという間
月は西の方へ落ち　星は最後にまたたき消えていく
はしゃぎ疲れたぼくたちは
アスファルトの上でひとやすみ

だんだん昇ってきた太陽が　真上に届くころ
辺りは暖かな春の空気
のどはカラカラ　からだは乾く
ヒヨドリが木の枝から一直線に降りてきた

ぐんぐん空を昇っていく
つの字に曲がった仲間たちが地表の模様のよう
さようなら　みんな
さようなら　地中の楽園

恋ふるの章

あしおと

眠りから覚めて薄目を開けると
アゲハ蝶のささやきが聞こえる
「まだかなあ」

今日は朝から騒がしい
晴れ渡った花園に
陽気に誘われた
いくつものあしおと
「ちょっと早かったわね」
がっかりした声が去っていく
まっすぐに伸ばした

赤子の手のような若葉や
今にも弾けそうな
いのちの蕾に気づかずに

「にぎやかなこった」
いつもの猫が
つぶやきながら通りすぎる

まだ開かない
わたしが少しずつ開くのは
ご主人の優しいあしおとが
近づいてきたときだけ
何度も何度も　聞こえたら
尖った緑のうてなを下ろし
ゆっくりと　ほどいていく
朝露でゆるんだ　真っ赤な花びらを

舫《もや》い舟

あんなにはしゃいで
人々の間を泳ぎ回っていた君
今はすっかり疲れて
ベッドの上に横たわっている
アルベルチーヌ*のように

きらめく波動をたたえた
湖のような瞳は閉じられ
瞼は月光の静かな輝きを放つ

口許に消えていく引き潮

おだやかな息づかいの微風は
月明りの浜辺にまどろみ　たゆたう

黒いビロードのドレスの胸に安らぐカモメ
ゆれる小舟に僕はそっと手を重ねる
二艘の小舟の　輝かしい船出

＊アルベルチーヌ　プルースト作『失われた時を求めて』の主要登場人物。

アゲハチョウ

鬱蒼とした森の中の一軒家で
アゲハチョウを飼っていた
十八年間エサをやり　服を着せた
夜になると　サナギの中にこもった
大人になっていく心と体が追いかけっこ
サナギのなかはカオス
小さな運動場には
つむじ風が起こった

菓子箱に閉じ込めた
さみどり色の胴体と

だいだい色の臭角の秘密を持つ幼虫は
いつまでたっても　サナギのまま

わたしのアゲハチョウは
ある朝　大空が両手を広げ迎えにきた
チョウはドアを開け
風に乗って　飛んでいった
振り返らずに

アゲハチョウは　金色のはねを持っている

誰そ彼

人影が動く
心がうごく
たそがれ時

あなたは誰？

向こう岸に歩く人びとは
つぎつぎと夕闇に溶けて

夕闇に溶けたら違う誰かになれる？

赤い夕焼けは胸のなかに閉じ込めて
この土手に座っていよう

あなたの気配

肩を越えて
言葉を越えて
缶酎ハイ一本分の思い
宵闇が飲み干すまで

金木犀

今年も
金木犀が香り始めた

幼い日
一生分の花を摘んで
いくつもの小壜に詰め
海に浮かべた

わたしも一緒に
広い海をさすらい
知らない国に流れ着いた

秋になって栓を開けると
解き放たれた甘い香り
知らない誰かと歩いた
あざやかなオレンジ色の小径《こみち》

いつか
あなたの街に
たどり着いたら
そっと拾って欲しい
ずうっと色あせない
小さな季節

どんぐり　ぽろぽろ

秋のガレージの
落ち葉の吹き溜まり
竹ぼうきで掃いていると
どんぐりが　ぽろぽろ落ちてくる
掃いても掃いても
つぎからつぎへと
落ち葉にまみれて
どんぐりが　ぽろぽろ

春から夏　秋へと
いつのまにか　思いが育って

まとめて捨ててしまいたいけれど
あっちへぽろ　こっちへぽろぽろ

ひとつが道路へ飛び出した！
　ぐしゃ
車に轢かれて
涙ぽろぽろ
でも大丈夫
わたしの思いは尽きることはないの
ぽろぽろ　こころ　ころころ

赤い恋人

酔っ払いの
節くれだった
がさがさの手は嫌だと
赤い外套を翻し
夜の波に紛れた
おまえ

白魚の指
なめらかな魚身を沈めて
師走の川のどこを泳いでいるのか

おまえがいないと
指先から忍び込み
背骨を通って
腹の底に居座る
痺れる寒さばかりだ

冷水に手を差し入れて
淋しさのあかぎれができるまで
ただひたすら探し求めよう

たどり着いた滝壺の泪
掬っては　温かみが一口
凍みた心が　溶けてゆく

狂おしい　世間という岸辺から
まだ還ってこない

おまえに
再び巡り逢えるまで

ふく

　顔さすなあ
社長がぼやき
　毒あたらへん？
お嬢がつぶやく
三々五々にあつまった　いつもの仲間
尾ひれを脱いで　お面をはずして
ほっこり　おさな顔に戻る

縮んできたこの身を焼き網であぶり
失敗談をからっとから揚げにして
ふわふわ浮世を漂う白子をつつきながら

焦げたヒレ酒　泪で薄め　すする

むかしっから　突拍子もないあいつ
またなんか　やらかしているらしい
あいかわらず　笑わしてくれる
うわさの尾ひれが泳ぎ出す

あの頃の思い出も
日々のあれやこれやも
湯気の向こうの明日も
ぜーんぶ鍋にほうり込んで
鍋の底
ちりちり煮えたら
骨についた身を掬いあげ　かみ締める

会えない月日をのりこえて

あいかわらずの　このひととき
鍋の底
わたしがこっそり仕込んだ白子
掬った人が今夜のふくの神

ひろば

ブランコをひと漕ぎ
茂みの向こうに現れた薄紫の街の底
家々が小さく見えて
漕ぐたびに表情《かお》を変えた

ブランコに飽きたら
シーソー
すべり台
ジャングルジム
いつまでも駆け回り遊んでいた

バドミントンをするこどもたち
やさしいまなざしが見守って
花見客の賑やかな笑い声

みんな　どこかへ消えてしまった

今は
降りしきる花びらのなか
迷い込んだ
紫色の濡れた瞳の
小さな灰色のうさぎがうずくまるだけ
すっかり刈り取られた心の草叢
見晴らしがよくなって見えなくなったものがある

いつしか夕闇に沈み

タバコの火が仄かに灯した暗がり
星を映す夜空の底はもう　見えない

古都の章

滝口寺慕情

あの春も盛りの日　花見の宴で舞い踊るあなたの姿を見たとき
初めて知りました　こんなにも美しく儚げなお方がこの世にい
らっしゃることを　満開の桜も　見事に舞うあなたに見とれて
散ることをしばし忘れているようでした　まるで天上のような
その風景は　典雅な調べとともに　一幅の絵巻物として脳裏に
焼きついています

それほど美しいあなたにはあまたの求愛者がいることは百も承
知でした　しかしこの想いをお伝えせずにはいられない　慣れ
ない筆を取り　溢れる想いを巻き紙にしたためました　すると
あなたは無骨な私の愛を受け入れてくださるという　蛍が飛び

交う小川のほとりでお逢いしたあなたのあたたかな面影は　忘れることができません

そんな夢み心地の私の前に　身分という壁が立ちはだかりました　父上は二人の仲を認めぬとお怒りになりました　父上あっての私　絶望した私は奥嵯峨の地で出家することを決意しました　あなたへの未練を断ち切るために仏道修行に励むも　寺の境内を埋め尽くす真っ赤な散り紅葉の上で舞うあなたの姿が瞼に浮かび　涙する日々でした

行方を知らせずに隠遁した私を尋ねて　あなたがこの地を彷徨っていらっしゃると耳にしました　女の柔足で荒野に分け入るあなたのお気持ちに胸がつぶれる思いでしたが　ここでお会いするわけにはいかない　雪深い高野山へ身を隠しました　滝口寺には今も　この世では添い遂げられなかった私たちが　静かに寄り添っています

千鳥ヶ淵哀歌

あんなに濃やかな想い溢れる文をくださったあなたのお心を頼りに　枯野を踏み分けやってきたのに　あなたは会ってくださらない　お顔を見ることもできず　声を聞くことも叶わない為すすべもなく大悲閣という名の寺を目指して大堰川の川縁を歩いているとき　悲しみに暮れた深翠の淵に通りかかり　吸い込まれるように飛び込んでしまった

あれから数百年　あなたの頑なな心のように冷たい水に晒されて　この淵に棲んできた　その間に何組もの男女がこの淵にやってきた　悲壮な顔をして飛び込んだ二人が穏やかに微笑み合って沈んでいったり　一緒に飛び込んだのに自分だけ這い上が

って行った男がいたり　岸辺に二人たたずんだあと男を突き飛ばし微笑み去っていく女もいた

そうして気づいた　あなたがあのとき会ってくださらなかったのは　やがて来る男女の修羅を生きたくなかったから　移ろいやすい想いを美しいまま留めておきたかったから　そんなあなたがますます愛おしく　募る想いは淵の翠をいよいよ深めていく　もしお会いしていたら　わたしの愛であなたを押しつぶしてしまったかもしれません

深すぎる情はわたしの業　これからは　藤の花が枝垂れる戸名瀬の滝の音　川面をかすめて飛ぶ水鳥　冬にやってくる鴨の夫婦　まだつたない鶯の鳴き声　川底に何年も泳ぐ鯉　雨上がりに煙る霧　万緑の山を映す水鏡　わたしを取り巻くすべてのものをあるがままに愛しましょう　清水のように透きとおるあなたの真心に寄り添いながら

願い

朝の光に
舳先《へさき》がきらきら光る
青い胴体に波紋が照り返し　たゆたう

今日もきっと忙しくなる
大堰川の川面

今日最初の客は
岸辺の桜木から舞い散る
ひとひらの花びら

向こう岸に連れて行ってくださいな

花びらが川にささやく
淡い想いを乗せて
ゆく春の流れに揺られている

千灯供養

暗闇に光る小石
いくら大鬼にじゃまされても
何度も何度も積み上げて
きっと　この世に生まれかわるから

平安　鎌倉　京の都で
繰り返された戦乱や疫病
人の命儚く
東の鳥部野
北の蓮台野
西の化野《あだしの》

ここは古来　風葬の地
あだし野念仏寺の石仏は
何百年もの歳月を経て
無縁仏となり
地中に埋もれ　散り散りに
明治の代
石塔のもとに集められ
西院の河原となった

地蔵盆の今日は
夕刻からたくさんの人が
ろうそくを灯しにやってくる
おかげでぼくたちも
たっぷり水をいただいた
阿弥陀如来さまが見守るなか
読経のときに降った雨は

この世に来られなかった　ぼくたちの涙
境内の木々や苔や人々を潤し

数千の石仏に明かりが灯るその間
地蔵尊の祠に供えられた
色とりどりのおもちゃを手に
みんなで賽の河原で遊ぼうか
お父さんやお母さんやきょうだいたちが
きっと　会いに来てくれるから

報土

じりじりと這っていく
コンクリートの斜面
固まったままの羽の瘤
片方の脇にくっつけて
仁和寺の通用門の方へ

暗く湿った土の中
もがき続けて幾年月
一筋の光明にすがり
生まれ出たこの世
灼熱の地を這い回り

恋もせず
青空を見上げ　ただ
声明を唱えるばかり

その身をつまみ上げ
桜の幹につかまらせた

そのとき
大慈悲心の風が吹いた

ジッと鳴き
還っていった

阿弥陀如来の掌の上

蝉は

ゆっくりと
羽を広げはじめた

夢しょうぶ

金閣寺道から
御土居の坂をくだり
紙屋川に架かる
金閣寺橋を渡れば
夢の結界
此岸と彼岸
あなたと行きつ戻りつ

赤と白の曼珠沙華が
暗闇に手招きする
月の雫する石畳

アプローチを歩けば
足元の百夜草が
囁きかける

お久しぶりです

格子戸を引けば
変わらぬ笑顔
カウンターの内側で
咲き続けた花々も
いまは共白髪

さわら　は
魚へんに春
と書くけれど
秋が旬どすえ

と、ほほえむ女将の横顔

一献呑むほどに
ゆるゆると
よみがえる二人の歳月
今宵のゆめの膳

待宵の友

大輪の薔薇の向こうに
ひょっこりと
帽子の下の笑顔がのぞいた
紅葉狩りの人波のなか
はるばるやって来たらしい

薔薇園が見える
白い格子窓の傍のテーブルで
詩集を開くあなた
紫の薔薇の一輪挿しと共に
一枚の絵となる

自分の居場所が分からずに
戸惑っていた頃
心の中に居てくれたように
今日も
夕暮れの人混みをかきわけ
急ぐわたしを
料亭のカウンターで
気長に待っていてくれた

紅葉の庭に竹がまっすぐ生え
十四日の月が冴えわたる

やわらかく煮える湯豆腐
幼い頃から親しんだ味に
おいしさを重ねて

精進料理の数々
日本酒も少しずつ
いつまでも尽きない話

月と共に二人で歩く
渡月橋でさようなら
できることなら
あなたの帽子になって
まだまだお話ししたい
と思う
待宵の月

観音島の春

此岸から
太鼓橋を渡って観音島へ
十五の春
桜吹雪のなか
自転車二人乗り
そよ風に吹かれ
緑のさざ波ざわざわ

今は
すっかり水が抜かれた一面の池
からっぽの水分が淋しい

湿る 午後の陽差し
名残がわずかにのこる手鏡に
凍みた心の指紋が映っている
鏡のふち
二人の笑顔が沈んでいる
桜いろの花びら

千手観音の石仏が
丸いお顔でにっこり
短い指で　おいで、おいで　と
いつまでも乾かない思いの沼には
立ち枯れたはずの
ススキが揺れている
そっと見上げると
冬枯れの遍照寺山が
草に燃えていた

冬の地肌があらわになった池
散り散りになった命を繋ぎとめて
午後の小川が一筋流れる
シラサギが一羽
冷たそうに足を踏み入れると
イカルチドリもこわごわ
この川に浮かぶ

わたしも寒風と一緒に
川の底をヒンヤリ歩いている

なにごともないように
寒風にさらされた浮力
男の洞がみえてくる
この島に

祀られている壱美白弁財天
風の袖を翻して手招く
桜いろに染まる

なかなか乾かない思いの池に
「痛み」という名の棹を差して
見果てぬ彼岸へと渡ってゆく
そこに　わたしはいない

さざ波

広沢の池の水面に立つ
さざ波

傾いた太陽の
まぶしい光を反射して
わたしの心を誘っている

――出ておいで

まだ泣いてなかった

かがやく光に誘われて

心がしみ出してきた
――そうそう　その調子

さざ波は風に吹かれて
やさしく瞬いている

さざ波が
わたしの中に入ってきた

夜になると
月の光に照らされて
わたしの中の
さざ波といっしょに
小さくゆれるだろう

桜の花びら

いざなぎ景気で沸く一九七〇年、大阪万博の開催前夜。日曜日の夕方、郊外を走る電車は行楽帰りの人々で混んでいた。始発の四条大宮駅から約二十分間、父とちいさな娘はなぞなぞ遊びを続けている。切符の入った大きながま口を首からぶらさげた車掌は、二人をやさしく見守っていた。父親から最後の問題がだされた。「パンはパンでも食べられないパンはなあに？」娘はほほをふくらませて考えこんでいた。電車が嵐山駅に到着するなり娘が大きな声でさけんだ。「フライパン！」それまで二人のやりとりを聞くとはなしに聞いていた乗客はいっせいに爆笑した。あたたかい笑いにつつまれて娘はほほを染めた。

ビザの発給要件が緩和され、円安が進んだ二〇一五年。電車の中はすっかり外国人が増えた。電車で出かけた老婆は、帰りにアジア人らしき観光客に席を譲られる。最近はめったにかわってくれる人はいないのに、と感謝しながら座るともう終点の嵐山駅に着いた。よいしょ、と立ち上がるとちょうど目の前にジーパンに包まれた形のよいお尻があった。その下には細くて長い脚が伸びている。あれま。お尻から顔をずらして前方をみると、高い鼻にサングラスをかけた長身の男性とブロンドの女性が立っている。お尻の持ち主はその娘らしい。ひっつめ髪の横顔がバレリーナのようだ。一瞬、行ったことのない西海岸の乾いた風が吹いてきた。

二〇二〇年四月。いつもなら花見客でにぎわう車内もコロナ禍により全国に緊急事態宣言が出された今は、土日でも乗客はまばらだ。それでも外出する必要のある地元住民のために、電車はダイヤどおりに運行している。桜の花びらを車窓にはりつけて終電が入ってきた。人間は誰も乗っていない。そのかわり目には見えないちいさな乗客が、手すりや吊り革や床……車内のそこここに。駅員は消毒液をしみこませた布で丁寧に拭いていく。

「ご乗車ありがとうございました」とつぶやきながら。

あとがき

「毎月の満月をテーマにした詩を書いてみては、と思っているんです」

詩友の畑章夫さんが主宰される「スペースふうら」にて設けていただいた酒席で、ふと漏らしたこの言葉が始まりでした。月は古来、人間や生き物の生活に大きな影響を与えてきたという話で盛り上がりました。

二〇二三年四月、およそ二年間の休学を経て、大阪文学学校の詩とエッセイを学ぶ松本衆司先生のクラスに復学しました。それから一年間、アメリカ農事暦にもとづいた満月の呼び名にちなんだ詩を毎月、クラスで発表してきました。

詩を書くにあたって、農事暦の名前をそのまま使ったものもありますし、日本の風習に合わせて少し変えてみたものもあります。また季節感と名前がそぐわず、アメリカ先住民の頃とは気候が変動していると感じることもありました。いずれにせよ、この一年は夜中や明け方に月を見上げる機会が多くありました。

法然上人が遺した「月影の至らぬ里はなけれども、眺むる人の心にぞ住む」という和歌があります。月のひかりは、ありとあらゆる違いを区別しないで、どんな人ももものも一律平等に照らしだしています。しかし、どんな名月もこれを眺めようとしない人のこころをどうすることもできません。ひとたび戸外にたたずんで、月のひかりを全身にあびつつ、これを仰ぎ見る人だけが、月のひかりにじかに触れ、月のひかりに包まれている自分を感じ取り、その風情をこころに宿すことができるのです。逆に月のない夜でもこころに月を思い浮かべて月光を宿すこともできるのです。

そんな月のひかりに導かれて書いた満月の詩に、文学学校に入学してから書いてきた季節の詩を加えて、一冊の詩集にしました。満月の詩が一三編あるのは、八月の満月が二回あったためです。

文学学校チューターの松本衆司先生には普段より大きな気づきや示唆を授けていただき、詩集作製の際には大変お世話になりました。深く感謝いたします。また、中塚鞠子先生をはじめ、ご指導いただいた文学学校の諸先生方、作品に真剣に向き合ってくださった文学学校の皆さん、表紙の絵を自作したいという無謀な計画にご協力いただいた牧野章子さん、編集の労を取っていただいた澪標の松村信人さん、皆様方には本当にお世話になりました。心より感謝申し上げます。

最後に、遠方への通学にもかかわらず、快く送り出してくれた家族に感謝します。そして、幼い頃から、どんなときにも力強く優しく見守ってくれた両親に。

二〇二四年三月　十五夜

還暦を記念して　　月川奈緒

月川奈緒（つきかわ なお）

京都市生まれ
奈良女子大学文学部英語・英米文学科卒
2017年春季大阪文学学校入学
『ひろば』にて第39回大阪文学学校賞奨励賞受賞（2018年度）
『血闘』にて第44回大阪文学学校賞受賞（2023年度）
「月の村壱番地」同人

〒616-8366　京都市右京区嵯峨天龍寺今堀町24　鉤 方

いちご月の夜

二〇二四年四月三〇日発行

著　者　月川奈緒
発行者　松村信人
発行所　澪　標《みおつくし》
大阪市中央区内平野町二-三-十一-二〇二
ＴＥＬ　〇六-六九四四-〇八六九
ＦＡＸ　〇六-六九四四-〇六〇〇
振替　〇〇九七〇-三-七二五〇六
印刷製本　モリモト印刷株式会社
ＤＴＰ　山響堂 pro.